KB083507

테라스의 여자

시와소금 시인선 · 128

테라스의 여자

김순미 시집

시와소금

봄비만을 생각하며 겨울을 지나 오다.

| 차례 |

| 시인의 말 |

인드라 망 - 테라스의 여자·1 —— 011

까치는 까치다 - 테라스의 여자·2 —— 012

A Magpie is a Magpie —— 013

포커페이스·2 - 테라스의 여자·3 —— 014

샹들리에 - 테라스의 여자·4 —— 015

은현리 나침반 - 테라스의 여자·5 —— 016

라일락 꽃 필 때·2 - 테라스의 여자·6 —— 017

붉나무에 마음 물들어·2 - 테라스의 여자·7 —— 018

이미 이루어진 것처럼·2 - 테라스의 여자·8 —— 019

가을 누이가 말하다 - 테라스의 여자·9 —— 020

The Autumn Sister Tells —— 021

아들이 말하다 - 테라스의 여자·10 —— 022

연인들 - 테라스의 여자·11 —— 023

삼종기도 - 테라스의 여자·12 —— 024

공원묘지에 가지 못하다 · 2 - 테라스의 여자 · 13 —— 025

구절초 · 2 - 테라스의 여자 · 14 —— 026

흰 눈으로 오는 시간 · 2 - 테라스의 여자 · 15 —— 027

불혹 저편 · 2 - 테라스의 여자 · 16 —— 028

미코노스를 데려오게 · 2 - 테라스의 여자 · 17 —— 029

가을 편지 - 테라스의 여자 · 18 —— 030

상수리나무 병풍으로 오다 - 테라스의 여자 · 19 —— 031

까치의 사생활 - 테라스의 여자 · 20 —— 032

Magpie's Privacy —— 033

여우비에 여우는 없고 - 테라스의 여자 · 21 —— 034

노트르담 눈물 흘리다 - 테라스의 여자 · 22 —— 035

새들 속닥거림 - 테라스의 여자 · 23 —— 036

새벽에 잠깨어 - 테라스의 여자 · 24 —— 037

이런 날 - 테라스의 여자 · 25 —— 038

가을 성호경 - 테라스의 여자 · 26 —— 039

시심이 말하다 - 테라스의 여자 · 27 —— 040

The Heart of Poetry Speaks —— 041

사라 그랜마에게 - 테라스의 여자 · 28 —— 042

Dear Grandma Sarah —— 043

꿈 - 테라스의 여자 · 29 —— 044

샤갈의 여자 · 2 - 테라스의 여자 · 30 —— 045

파란 하늘 흰 구름 - 테라스의 여자 · 31 —— 046

서향나무가 - 테라스의 여자 · 32 —— 047

시적 변용에 대하여 - 테라스의 여자 · 33 —— 048

About Poetic Transformations —— 049

꿈을 해석하다 - 테라스의 여자 · 34 —— 050

Interpretation of One Dream —— 051

낮달이 말하다 - 테라스의 여자 · 35 —— 052

Daylight Moon Whispers —— 053

수녀가 말하다 - 테라스의 여자 · 36 —— 054

A Sister Tells —— 055

Jack Oh가 말하다 - 테라스의 여자 · 37 —— 056

Jack Oh Tells —— 057

부음에 답하여 - 테라스의 여자 · 38 —— 058

왈라 왈라 —— 060

Walla Walla —— 061

Bera Hotel 가는 길 —— 062

불멸의 서가 —— 063

환영(幻影)처럼 시가 —— 064

Like an Illusion, Poetry —— 065

어떤 과오로부터 —— 066

From What Mistake —— 067

발문跋文 —— 068

인드라 망

- 테라스의 여자 · 1

사랑에 대못을 박아
심금*을 울리고 싶었으나
흰구름술에 기대어
시에 풀등 하나
밝히고자
시인은 오래
와병에 발목 잡혔으나
유리창 그 너머로
순간순간 스며드는
멀고 먼 기억만으로
인드라 망을 건너가고자
했으려니

* 심금 : 르네 마그리트의 페인팅

까치는 까치다
- 테라스의 여자 · 2

테라스가 있어
까치를 보는 날
많았을 뿐
까치 오지 않은 날에
남쪽 나라 시인에게
까치 안부 물었을 뿐
그렇게 아침이 오고
가을 가고 눈꽃송이
소복하게 쌓이는 밤
시의 징검다리 건너줄
그가 올까
처마끝 고드름 오래 보았지
고드세피아에
신의 눈물 한방울
흘려주고 있었지

A Magpie is a Magpie

There was a terrace.

Many days,

I have seen a magpie there.

When she didn't come,

I just asked the poet from the south,

about her whereabouts.

Then, the morning came again.

Then, the fall came and went.

That night, the snowflakes were piled up.

Will she ever be back to cross the stepping stones of poetry?

I watched the icicles hanging in the eaves for a while.

It was shedding a drop of God's tear on the gold dust dracaena.

Translated by Soo Yeon Kim

포커페이스 · 2

모든 연출은 잊어버릴 것

끝내 나를 잃어버릴 것

샹들리에
– 테라스의 여자 · 4

장식을 멀리하라
화려함을 경계하라
널 위한 모두의
시간 앞에
백만 알전구가
뿜어내는
등불 소신

은현리 나침반
– 테라스의 여자 · 5

은현리 등대 나침반
슬로시티 책과 책방
책방에 들어서면
그대는 오늘이 주는
선물을 만납니다
아름다운 여인숙에서
그대를 기다리는
한 남자를 만납니다

라일락 꽃 필 때 · 2

– 테라스의 여자 · 6

우물 있는 옛집
라일락 꽃 피고 지고
꿈 어두워지던 때를 기다렸나
대문 옆 우물물 말라있네
봄 없이 세월 가고
어머니 아버지
세상을 등지시네
라일락 꽃 피우지 못해
근심 깊어지네
봄 아득하게
저만치 가네

붉나무에 마음 물들어 · 2

- 테라스의 여자 · 7

붉나무에 마음 물들어 갈 때
간간이 바람의 말을 전해주는 낙엽송
다 내려 놔야지
산그늘에 누웠을 때
대신 울어 주던 찌르레기 콩새
산장의 하루가 깊어간다

이미 이루어진 것처럼 · 2

– 테라스의 여자 · 8

당신이 Bar 밀라노를 약속 장소로
알려주었을 때
꼬모 호수를 따라가는 뱃길은 부드럽고
언덕 높이 피어 있는 하늘제라늄
낯설면서 낯설지 않은
오래 품었던 골동품을 처음 꺼내놓듯
이미 다 이루어진 것처럼

가을 누이가 말하다
- 테라스의 여자 · 9

꿈을 꿔 본 적 없어 내가
사랑을 갈망한 일 없이
수삼년 사계절이 오갔구나
오빠야 오빠야
앞산 어찌 푸르른지
시냇물은 어디로 흘러가나
수선화를 노래하였다는
영국시인을 내가 알았었나
블루베리 잎들 열매 없이
붉게 불타오른 신새벽
오빠야 오빠야
시 수레 밀며 끌며
살고싶다 오빠야

The Autumn Sister Tells

Never dreamed before,
never longed love before,
three years have come and gone.
Oh, my dear brother,
can you see how green this mountain is?
I wonder where these streams of water flow.
Have I ever known
the English poet,
who sang about Daffodils?
As the scarlet dawn breaks,
leaves on my blueberry tree flush,
bearing no fruit.
Oh, my dear brother.
I just want to live,
pushing and pulling
a wagon of poetry.

Translated by Soo Yeon Kim

아들이 말하다
- 테라스의 여자 · 10

아버지는 취조하듯 우리를 다그쳤다 아버지는 칭찬의 말 한
마디 없이 가혹했다 아버지의 기억 속 사랑과 미소는 전설 속
전설일 뿐 아버지 와병 때 몸밖 오물은 내 몫 아버지 아버지 왜?
그러셨어요 왜 폭력 광기에 발목 잡히셨어요 아버지 아버지 피
똥을 내가 받아요 아버지 아버지 용서라는 말 돌려드리니 맘껏
곡소리 내 울어요 눈물강물 되어 하늘구름 되어 한 조각 달울
음을 부둥켜 울어요 아아버버 지이

연인들
— 테라스의 여자 · 11

푸른 하늘 흰 구름

빠담 빠담 빠담

심장 뛰는 소리

삼종기도
– 테라스의 여자 · 12

하루 세 번
종 울릴 때
아픔이 기쁨이
밀레의 그림으로
물이 들고
가는 사람 없고
오는 사람 없는
빈 들에 서면
들릴 것만 같은
고요
적요

공원묘지에 가지 못하다 · 2
- 테라스의 여자 · 13

잔디꽃 보다가

가신 님 무덤가

햇살 바구니

구절초 · 2
– 테라스의 여자 · 14

호숫가 구절초

어머니 얼굴

꽃으로 오시네

흰 눈으로 오는 시간 · 2
– 테라스의 여자 · 15

시계가 멈춘 세상 밖
어디에서 이 눈 오는가
새벽미사 종소리
뎅그렁 뎅그렁
마을 끝 어둠 비추일 때
아득하게 하얗게
쏟아진다
졸린 눈 비비며
찾아가던 꼬부랑
골목길

불혹 저편 · 2
– 테라스의 여자 · 16

강물 속 고요에 산이마 잔주름을
비춰보는 시간
중미산 능선 구름허리 보며
불혹 저편을 꿈꾸는 동안
북한강 물거울 따라
심장 요동칠 때
그렇구나
우리 가슴으로
나이 듦을 이야기 하겠구나
저녁노을에 기대어

미코노스를 데려오게 · 2
- 테라스의 여자 · 17

붉게 지붕들 조각으로 얽혀 만나
길손을 데려가네
눈 먼 세상 뒤편 거기
미코노스 있을까
다섯 개 풍차가 돌아가는 곳
파도의상에 얼굴 가리고
들어가고픈 알 수 없는 섬
맨 처음이라고
바다와 하늘에게
고개 떨구며
말해보네
지중해의 광활
신화의 수수께끼를
엿들어 보네

가을 편지

- 테라스의 여자 · 18

그래
가을이야
누구나
누구에게
편지를 쓰는
아, 가을
나
어쩔 수 없이
물들어
조금 늙어 가
하지만
너가 있어
망설임이
설레임이
되기도 해
살아 있어
좋아
가을에게
잘하고 싶지 않니

상수리나무 병풍으로 오다
— 테라스의 여자 · 19

눈여겨 보라
새들이 세들어 사는 집
보라 말하네
보라산 보라하네

까치의 사생활
− 테라스의 여자 · 20

몰래카메라가 말하기를
신녀라 불리웠다지
까치 선생
시공을 가르는
결정적 순간
몇 개의 포즈
그녀는 방문객일까
테라스에서
마주친
십칠 분

Magpie's Privacy

The hidden camera showed

the magpie teacher,

known as a believer.

A few poses she took

at that critical moment,

when the spacetime was split.

Was she a visitor?

Seventeen minutes,

the time I encountered her

at my terrace.

Translated by Soo Yeon Kim

여우비에 여우는 없고
– 테라스의 여자 · 21

여우비 낮달 품에 오시어

여우 홀연 가시니

노트르담 눈물 흘리다

- 테라스의 여자 · 22

성전 종탑이 불타네

성전 스테인 글라스

불타며 부서지네

통곡하여라

네 스스로 성전이 되어

저지른 악행에 대해

대성당 노트르담

불타지 않았음을

기억하고

기억하라

새들 속닥거림

— 테라스의 여자 · 23

추워

하고

부름

춥지

그래

답함

새벽에 잠깨어
– 테라스의 여자 · 24

미인달 홀로 새벽하늘이로다
동지즈음에

이런 날
– 테라스의 여자 · 25

눈을 기다리는 날
'시는 어떻게 나에게로 오는가'
하늘이 비를 내리시면
축복에서 빗나간 게 아니겠지
영화, <시>를 볼까

가을 성호경

– 테라스의 여자 · 26

가을 가을 가을의 이름으로
성호를 긋다

시심이 말하다
– 테라스의 여자 · 27

달빛 은은

샛별이 금금

말문을 여는구나

초승달 열 개

그믐달 열 개

배부른 달 속

하품할 지경

쓰라

뱉어라

달무리 우러러

수놓아라

말문 열어

The Heart of Poetry Speaks

The silverlight moon.

The golden Venus.

It is finally speaking.

Ten crescent moons,

ten dark moons.

The moon is so full,

I feel like yawning.

Write it.

Spit it.

Embroider the moon,

with your words.

Translated by Soo Yeon Kim

사라 그랜마에게
- 테라스의 여자 · 28

당신은 제가 만난 분들 가운데 으뜸이시니
당신은 지혜와 사랑의 어머니이시니
당신은 오래 기억하고 싶은 저의 친구이시니
아— 당신은 나와 수연에게
오래 만나고 싶은
이웃이시니
건강과 평화의 축복을 빕니다

Dear Grandma Sarah

You are the best of the bests,

you are the mother of wisdom and love,

you are a true friend I want to remember forever.

Ah, you are a neighbor I want to see for a long time to come.

May peace and blessings be with you always.

Translated by Soo Yeon Kim

꿈

– 테라스의 여자 · 29

꿈에 꿈에 어머니

밤꿈에 낮꿈에

오 어머니

샤갈의 여자 · 2
– 테라스의 여자 · 30

샤갈의 마을에 내리는 눈
샤갈의 눈 내리는 마을
까페일까
시일까

파란 하늘 흰 구름

– 테라스의 여자 · 31

옹플뢰르 부댕 미술관
파란 하늘 흰구름
그의 페인팅이 있다
꿈의 귀향*
난실리 시인이 있다
구름끼리 만나는
명쾌한 이미지네이션
파리의 하늘 밑 어머니
푸른 파도 의상을 입는다

* 난실리에 있는 조병화 시비명

서향나무가

– 테라스의 여자 · 32

꽃을 바라보기 전
꽃을 고르기 전
꽃을 매만지기 전
꽃가지 치기 전
꽃집에서
그대 한송이
동백꽃 되네

시적 변용*에 대하여
– 테라스의 여자 · 33

공주를 아시나요
그대
공주밤 맛보신 건
체험인가요
나태주 선생 시에 감동 먹어
잠 못든 기억 있으신지

* 용아 박용철 시인의 텍스트

About Poetic Transformations*

Do you know Gongju?

Was that an experiment,

tasting *Gongju chestnuts?

Have you had a hard time falling asleep,

when you felt too overwhelmed

by a poem by Na Tae Joo?

* A text from Yong-A, Park Yong Cheol.

Translated by Soo Yeon Kim

꿈을 해석하다
– 테라스의 여자 · 34

꿈꾼자 말하기를;
"어젯 밤 꿈에 그대가
방울방울 토마토를
따더니 그 방울들을
딴 나무에 옮겨 달더라"
하여
이런 해석을 붙인다;
"그녀가 제2시집을
낳을 태몽이네"라고.

Interpretation of One Dream

One dreamer says,

"I saw you in my dream last night.

You picked all the cherry tomatoes in our tree and asked me to move them to the other one."

So I interpreted his dream as follows.

"The dream is about the forthcoming of her second book of poetry."

Translated by Soo Yeon Kim

낮달이 말하다

- 테라스의 여자 · 35

블루베리 나뭇잎에 가을물이 들고 있다고,

Daylight Moon Whispers

That the leaves on a blueberry tree are turning red,

Translated by Soo Yeon Kim

수녀가 말하다

— 테라스의 여자 · 36

자유가 주는 넉넉함으로
세상을 위해 찬미하리라
마음 다해 부르는 칸타타

까스델 간돌포 교황님 알현
꿈이 아니었던가
그래 그 곳에 함께 오신
성스러움의 축복
나누고 싶어라
그리스도의 향기

A Sister Tells

I will praise the world with the richness that freedom grants.
I am singing this Cantata from the bottom of my heart.

It has been a dream of mine,
to be granted an audience with the Pope in Castel Gandolfo.
I want to share the blessings of holiness,
and the scent of Christ that comes with him.

Translated by Soo Yeon Kim

Jack Oh가 말하다
– 테라스의 여자 · 37

안바른 듯 칠한 벽이 있잖아
창고에 있을 때 받았던
소란함 속, 편안고요
이 나이 되어 알게 된다네
기쁨 슬픔 환희 고통.
마지막 장에 지어질,
가난과 넉넉함으로
표정조차 지워 버릴
거기 OHDUMAC
어린 왕자가 살았던가
창고로 만든
House 컴퍼니

Jack Oh Tells

You know that barely plastered wall in the warehouse.

The comfort and calmness you feel in there

when you are away from the commotion.

With age comes a recognition of

happiness, sadness, bliss, and pain.

Ohdumac* will be built in the last chapter of his life.

It will hide his poverty and even his wealth.

Maybe the little prince once lived in the warehouse, too.

* Cottage

Translated by Soo Yeon Kim

부음에 답하여
– 테라스의 여자 · 38

촛불을 끄고 몸을 태워버린
목향의 잔향을 느껴본다
오고 있는 봄의 발자국을
죽음이 멈춰 세운다
죽은 이에게 보내는
헌사를 현미경으로
바주시던 김시인을
생각한다
2021년 3월 10일 수요일은
조금 흐리다
까치가 드나들던 하늘이
묵념의 포즈로 고요하다
하늘색에 맞춰 흐릿하게
그믐달이 한 오라기
잿빛으로 걸려 있다

잠들 곳을 마련하였을까

미소와 얼굴이 하나된 그가
가벼이 가벼이 날고 있다

왈라 왈라*

들고 있나요
옥수수 빈 밭에
저녁 종소리
말해 주세요
라벤더 향기
나무 영혼에
풀잎 어깨에
Roseanne Ross
묻고 싶어요
내 기도를
가지 않은 땅
왈라 왈라에
먼 길 떠난 그대의
지난 편지를 읽는
해질녘
노을 속

* 왈라 왈라 : 워싱턴주의 농촌마을

Walla Walla*

Are you listening
To the sound of a bell
chiming across the empty cornfield?
Please talk to me,
the scent of Lavenders.
to the spirit of tree,
to the shoulder of grass leaf.
Roseanne Ross
I bury my prayer
In Walla Walla
The land I never been.
As I read the past letters,
From whom departed for a long journey,
In the sunset,
under the red sky.

* Walla Walla : A small town located in Washington, the United States.

I wrote this poem in the memory of Roseanne Ross, who deceased in June 2010. Her family took care of my daughter when she stayed in Walla Walla as an exchange student in 2008.

Translated by Soo Yeon Kim

Bera Hotel 가는 길

카타르 항공의 탑승 안내 방송
앳된 승무원 얼굴에 겹칠 때
아야 소피아와 블루모스크를 미리 상상해 봐요
흑해와 마르마라 해협이 열애하듯
보스포러스가
고래 율동에 넘실거려요
로티 언덕에서
이스탄불의 태양열에
춤추는 마음 뜨거워질 때
이국여인의 향기에 취해 썼다는
해역장교, 피에르의 소설을
단숨에 읽어 내려요
트로이는 다음 이야기를 숨겨 놓고
올리브 숲들이 어둑해질 때
베라 호텔 가는 길
부겐빌레아 꽃터널
숨은 이야기를 품고
둥글게 환해지네요

불멸의 서가

화가는 캔버스와 마주할 때 그의 내면과 마주한다 '작업실의 자코메티*'는 그렇게 읽혔다 제임스로드는 18일간 화가의 모델이 되어 변덕스러운 화가의 상상력 속에 변신을 거듭했다 어떤 경외심이 화가의 공간을 점령했다 자코메티의 초상화 작업 속에 생트빅트와르 산이 들어와 앉고 갤러리는 산의 정상을 눈앞에 두고 있다

세잔은 프로방스에서 전사했다 자코메티가 제임스 로드의 초상화를 그릴 때 원기둥과 구, 원뿔의 회화 양식을 주도한 세잔의 개입을 기꺼이 수락했다

우연한 기회에
피라미드 아래서 우주공간과 소통하며
별의 생애를 점묘법으로 그리는
화가의 작업실을 훔쳐보았다
불멸의 정신세계를 관통하는 서가에
오랫동안 사로잡혀 있을 때였다

* 제임스 로드가 쓴 책의 제목

환영(幻影)처럼 시가

오월이 왔을 때
환영처럼
시가 걸어 오는 모습이 보였다
시낭송이 이어진 후
시인들이 환대를 받았다
창의문 너머에 휘영창 달이 왔고
늙은 감나무가 달빛을 받았다
그때 수수밭 사이로
시인의 실루엣이 보였다
시가 올 것 같아
가슴 두근거렸다

Like an Illusion, Poetry

When May came,

like an illusion

I saw poetry walking to me.

After the reading,

poets were warmly welcomed.

The glistening moon hanging

over Changuimun Gate,

its moonlight illuminating

the old persimmon tree.

Then amid the sorghum field,

I saw the poet's silhouette.

My heart pounded,

as though poetry had arrived.

Translated by Nadia Park

어떤 과오로부터

어떤 과오로부터
어떤 환희로부터
너희들은 왔는가
가볍고 무거운 물새들의 몸
패인 날갯죽지
잘려 나간 꼬리들
여윈 다리와 물갈퀴에
걸리는 잿빛 소용돌이
위태로운 대열을 이루면서
절룩절룩 미끄러지면서
오직 하나의 목적지를 향해
더러는 거꾸러지면서
눈 감고서라도
가야 하고 가야만 하는
이미 사라진 귀로

From What Mistake

From what mistake

from what joy

have you come?

Light and heavy, the bodies of shorebirds

destroyed wings

truncated tails

emaciated legs and webbed feet

stuck in a grey whirl

precariously lined up

limping, slipping

toward a single destination.

Some dive

eyes closed.

But need to go

must go

to a home

already gone.

Translated by Nadia Park

　십수 년 전 백화점 문화센터에서 영시 강의를 수강하던 어느 날, 빼먹은 수업을 보강하러 제가 분당의 순미 씨네 문화센터로 수업을 들으러 갔을 때 우리 처음 만났었지요. 수업 후 애프터 모임에서 순미 씨가 저와 동갑이고 시인으로 등단했다는 선생님의 소개를 듣고 "어머, 용기 있으시네요!" 제 첫 마디가 그랬다고요? 제가 '용기'라는 단어를 말해 잠시 마음이 복잡했지만, 더 열심히 써야겠다는 생각을 하셨다는 말씀도 다 나중에 순미 씨께 들은 말이지요. 지금도 그렇지만 용기 있다는 것은 글을 쓰는 사람에 대한 제 관심의 표현이자 찬사랍니다. 어쩌면 질투일 수도 있어요. 자기 내면을 상처를 부끄러움을 드러낼 수 있는 용기가 있는 사람이 좋은 시를 쓸 수 있으니까요.

　「샤갈의 여자」를 우리 옆에 남기고 어느 날 순미 씨가 꽁꽁 숨어 버렸을 때 제 명치 끝이 얼마나 아팠는지, 순미 씨가 상당히 잔인한 사람이기도 하다는 것 순미 씨는 모르셨지요? 하지만 그 기나긴 인고의 시간은 또 한 권의 시집을 낳기 위한 방황의 시간이었고 눈물의 시간이었고 사색의 시간이었네요.

얼마 전 순미 씨네 새집에 놀러 갔을 때 저는 순미 씨의 그 시간들과 새 공간이 만나면서 다시 마음속 언어들에 날개가 돋아나고 있다는 것을 눈치챌 수 있었답니다. 복층 빌라의 옥탑 테라스엔 파란 인조잔디가 풀밭처럼 깔려 있었고, 뒤편에는 상수리나무숲이 보였어요. 까치들에게 주려는 모이통도 있고 파란 하늘에 희미한 낮달이 걸려 있는 것을 순미 씨가 가리켜서 함께 잠시 바라보기도 했지요. 하늘과 구름과 달과 별이 가깝고 새가 놀러 오는 행복한 공간, 새 시집의 제목이 『테라스의 여자』인 것을 공감할 수 있는 시간이었습니다.

순미 씨, 아니 저는 늘 제가 지어준 영어 이름인 '신시아(Cynthia)'라고 불렀지요. 세 아이의 엄마라고 부부 금슬이 좋은가 보다고 웃으면서 다산의 상징인 달의 여신 다이아나의 또 다른 별칭 '신시아'라는 이름이 어떠냐고 했을 때 흔하지 않은 이름이라 좋고 달을 좋아해서 그 이름이 맘에 든다 하셨지요. 작은 달이 점차 커지다가 다시 이지러지고 모습이 사라지지만 본질은 변하지 않듯이 늘상 주변 일을 관심 갖고 챙겨 주는 다정다감한 성격 때문에 때로는 행복하고 때로는 상처받겠지만, 그것이 시인의 숙명인 걸 어쩌겠어요. 부디 순미 씨의 바탕인 오지랖, 따뜻한 오지랖을 펼치는 것을 말리지 않으렵니다.

— 영시반 문우 노재정(Jane)으로부터

시와소금 시인선 128

테라스의 여자

ⓒ 김순미, 2021. printed in Seoul, Korea

초판 1쇄 인쇄 2021년 04월 10일
초판 1쇄 발행 2021년 04월 15일

지은이 김순미
펴낸이 임세한
디자인 유재미 정지은
펴낸곳 시와소금
등록번호 제424호
등록일자 2014년 01월 28일
발행 강원도 춘천시 충혼길20번길 4, 1층 (우-24436)
편집 서울특별시 중구 퇴계로50길 43-7 (우-04618)
전화 (033)251-1195, 010-5211-1195
이메일 sisogum@hanmail.net
다음카페 hppt://cafe.daum.net/poemundertree

ISBN 979-11-6325-030-2 03810
값 10,000원